AF402965

TABLE DES MATIÈRES

BUREAU DE LA SOCIÉTÉ DES ÉTUDES POUR L'ANNÉE 1876.

Président d'honneur :

MONSEIGNEUR GRIMARDIAS, ÉVÊQUE DE CAHORS.

Directeurs trimestriels :

MM. DANGÉ D'ORSAY, directeur des tabacs en retraite ;
PAUL LACOMBE, ancien élève de l'École des chartes ;
VALETTE, chef d'institution ;
L'ABBÉ ALBESSARD, pro-secrétaire de l'Évêché.

Secrétaire-général :

M. BAUDEL, professeur de troisième au lycée.

Bibliothécaire :

M. LÉON CARBONEL, avocat.

Trésorier :

M. COMBES, propriétaire.

Conseil d'administration :

Le Directeur trimestriel en exercice ; le Trésorier, le Secrétaire des séances ;
MM. Ducros, avoué, et Lebœuf, docteur en médecine.

Commission du Bulletin :

Le Directeur trimestriel en exercice ; le Secrétaire-général ; MM. Combarieu,
Ducros, Guiraudies-Capdeville, Malinowski et Lebœuf.

AVIS

Nous appelons l'attention des Membres de la Société sur le
Règlement intérieur voté dans la Séance du 13 décembre 1875. Ils
le trouveront à la page 58 du présent fascicule.

Article 13 des Statuts :

Chaque Sociétaire résidant paie une cotisation annuelle de 12 francs.
Chaque membre correspondant paie une cotisation annuelle de 6 francs.

Article 10 du Règlement :

Les membres de la Société qui n'ont pas soldé leur cotisation au 1er décembre de chaque année, reçoivent une traite du Trésorier. Ils sont considérés
comme démissionnaires si cette traite revient impayée.
Les frais de négociation restent à la charge des retardataires.

GRANDEUR

ET

DÉCADENCE

CAHORS

IMP. DE A. LAYTOU, RUE DU LYCÉE

1876

GRANDEUR

ET

DÉCADENCE

PAR

M. Henri NADAL

⸺⸺❧⸺⸺

PARIS

C. DILLET, LIBRAIRE-ÉDITEUR

15, RUE DE SÈVRES, 15

1876

PRÉFACE

Celui qui lira ces pages, dira sans doute que nous sommes bien loin des réformes que je demande ici, et qu'en somme je ne fais que de l'utopie.

Les principes sont par eux-mêmes. Il n'est avec eux ni atermoiement possible, ni transactions d'aucune sorte.

Voilà bien longtemps que nous nous en éloignons, et nous n'en sommes pas plus fiers.

Tôt ou tard il faudra de nouveau invoquer les principes, en France, ou bien graduellement, de chute en chute, nous disparaîtrons comme d'autres peuples l'ont fait.

GRANDEUR & DÉCADENCE

I

Les idées de réforme laissent aujourd'hui en France presque tout le monde tiède ou indifférent. Il n'est pas cependant de plus noble terme à ambitionner, de but plus grand et en même temps plus indispensable à atteindre que celui de la régénération du pays. .

Les courants désordonnés se donnent libre carrière, grossissent chaque jour et deviennent plus impétueux que jamais. Ils charrient des épaves de toutes parts. On serait tenté de se demander, après de semblables fureurs, s'il peut rester encore chez nous autre chose que des débris.

Mais ne soyons ni pessimistes, ni pusillanimes.

Il est après tout aisé à un peuple comme le nôtre, conscient et de sa grande mission providentielle dans le monde, et de la pente fatale où il décline, de reconquérir par un coup soudain sa primitive grandeur.

Or, le moyen de réforme, le remède sauveur se résume en deux mots : *le respect.*

Si nous voulons, en effet, jeter un rapide regard sur les splendeurs du passé pour les opposer aux misères et aux défaillances du présent, il nous sera facile de voir que nous devons au respect notre antique prospérité, et que grâce à la révolte, négation du respect, nous allons aujourd'hui à grands pas vers la décadence.

Nos aïeux eurent le culte du respect, aussi furent-ils puissants et forts. Nous sommes, nous, des révoltés, et depuis un siècle, nous marchons à l'abîme.

Il n'est pas ici d'illusion à invoquer.

Comme l'a dit le poëte :

> Illuc, heu! miseri traducimur.

Pour reconquérir donc le prestige d'autrefois, imitons le respect de nos pères.

Xénophon a résumé dans un dialogue entre Périclès et Socrate, les causes de la décadence d'Athènes et les moyens de réforme :

« Et maintenant, dit Périclès, que pourraient-ils faire pour recouvrer leur ancienne vertu? » — Alors

Socrate : « Il faut qu'ils reprennent les mœurs de leurs ancêtres, qu'ils n'y soient pas moins attachés qu'eux ; et alors ils ne seront pas moins vaillants (*). »

En appliquant ce sage conseil à nos besoins du moment, l'objet de nos constants efforts doit être le prompt abandon des théories révolutionnaires qui nous dominent, nous agitent, nous étreignent chaque jour davantage et vont nous perdre à jamais, pour de nouveau recourir au respect, la vertu favorite de nos aïeux.

« Il y a beaucoup à gagner en fait de mœurs à garder les coutumes anciennes », a dit Montesquieu (**).

Le respect est désormais notre suprême espoir, et il peut, si nous le voulons, devenir notre salut.

Ce serait là le plus beau triomphe que nous puissions remporter, triomphe qui serait pour nous le prélude de bien d'autres.

De nos jours la chaire chrétienne n'a pas manqué au devoir de nous montrer souvent les périls et en même temps les vérités qui peuvent nous régénérer ; mais il est plus utile que jamais de rappeler à tous les mêmes causes d'alarme et de leur redire les mêmes avertissements.

(*) *Mémoires sur Socrate*, liv. III, chap. v.
(**) *De l'Esprit des lois*, liv. V, chap. vii.

D'ailleurs jamais le besoin ne s'en fit mieux sentir.

Quel est l'homme qui peut savoir encore au dix-neuvième siècle ce que veut dire ce grand mot de respect.

En naissant, l'enfant n'apprend plus aujourd'hui qu'à se jouer de la puissance paternelle, à la mépriser, quelquefois à la maudire même.

Le subalterne ne croit plus qu'à une seule chose, c'est-à-dire à sa propre supériorité sur son chef.

La morale est battue en brèche de toutes parts.

Les nouvelles couches sociales tendent chaque jour à se substituer aux anciennes.

Les nobles et saintes croyances surtout ont été mille fois et sont encore journellement bafouées.

Lisez les feuilles publiques et les romans, entrez dans les théâtres, allez sur la place publique, que voyez-vous partout ? La révolte et l'orgueil.

L'orgueil est de nos jours le roi du monde. Il a tout absorbé, rien ne peut plus résister devant ses proportions toujours croissantes.

« Moi seul, et c'est assez. »

Il a soufflé la révolte partout, et la révolte à son tour a tout dispersé, tout renversé, tout bouleversé sur son chemin, dans toutes les sphères, à tous les degrés de l'échelle sociale, ne laissant plus ici et là que de tristes ruines.

Quelle est la société, je le demande, qui pourrait résister à de semblables secousses, sans en subir les contre-coups, et sans chaque jour faire un nouveau pas vers sa chute?

Le respect est comme le thermomètre social. Quand son niveau s'élève, la société monte avec lui, et en s'abaissant il l'entraîne à sa perte.

Nous pouvons augurer par là de notre état actuel.

Le respect n'est plus aujourd'hui qu'un vain mot oublié de tous. Nul ne se soucie de le faire revivre. Bien plus encore, on prend à tâche d'en détruire peu à peu les derniers vestiges.

Tous les efforts se sont coalisés contre lui, et à voir l'acharnement de la Révolution contre le respect, on peut aisément juger de son indispensable nécessité dans la vie des peuples.

Encore une fois tout est menacé chez nous de la base au sommet. Le respect est le seul remède. C'est lui que nous devons faire revivre pour à la fois tout ressusciter avec lui.

II

La question du respect est intimement liée à l'idée
religieuse, aussi, au début de cet humble travail, par-
lerons-nous de la Religion. Sa place y est tout naturel·
lement marquée.

La Religion catholique a été la première à nous
donner les vraies notions du respect. La première dans
le monde, elle l'a prêché en des termes qui auraient dû
nous le faire aimer ; la première, elle en a donné le
sublime exemple. Elle reste encore presque seule à le
pratiquer.

C'est à son esprit, c'est à sa noble et généreuse
initiative que nous devons le respect et la grandeur de
nos vieilles monarchies. A elle donc revient de droit la
plus large part dans nos splendeurs passées.

« Je ne crois pas, a dit M. le comte Joseph de Maistre,
qu'aucune autre monarchie ait employé, pour le bien de
l'État, un plus grand nombre de pontifes dans le gouvernement civil. On remonte par la pensée depuis le
pacifique Fleury jusqu'à ces saint Ouen, ces saint Léger,
et tant d'autres si distingués sous le rapport politique

dans la nuit de leur siècle, véritables Orphées de la France qui apprivoisèrent des tigres et se firent suivre par des chênes. Je doute qu'on puisse montrer ailleurs une série pareille.

» Mais tandis que le sacerdoce était en France une des trois colonnes qui soutenaient le trône, et qu'il jouait dans les comices de la nation, dans les tribunaux, dans les ministères, dans les ambassades un rôle si important, on n'apercevait pas ou l'on apercevait peu son influence dans l'administration civile ; et lors même qu'un prêtre était premier ministre, on n'avait point en France un gouvernement de prêtres.

» Toutes les influences étaient fort bien balancées, et tout le monde était à sa place (*).

» Lorsqu'au moyen âge nous allâmes en Asie, dit-il encore ; l'épée à la main, pour essayer de briser sur son propre terrain le redoutable croissant, qui menaçait toutes les libertés de l'Europe..., un simple particulier, qui n'a légué à la postérité que son nom de baptème, orné du modeste surnom d'*Hermite*, aidé seulement de sa foi et de son invincible volonté, souleva l'Europe, épouvanta l'Asie, brisa la féodalité, anoblit les serfs, transporta le flambeau des sciences, et changea l'Europe.

(*) *Considérat.*, chap. VIII.

» Aucune nation n'a possédé un plus grand nombre d'établissements ecclésiastiques que la nation française, et nulle souveraineté n'employa plus avantageusement pour elle un plus grand nombre de prêtres que la cour de France. Ministres, ambassadeurs, négociateurs, instituteurs, on les trouve partout. De Suger à Fleury, la France n'a qu'à se louer d'eux (*). »

M. Le Play, qu'on ne saurait ici taxer de partialité a, lui aussi, soutenu que la Religion avait toujours été le premier fondement et la cause de la grandeur des sociétés.

» L'étude méthodique des sociétés européennes, (**) écrit-il, m'a appris que le bien-être matériel et moral, et en général les conditions essentielles à la prospérité, y sont en rapport exact avec l'énergie et la pureté des convictions religieuses. Je ne crains pas d'affirmer que tout observateur qui recommencera cette étude, avec un esprit dégagé de toute idée préconçue sur les hommes et sur les choses, sera nécessairement conduit à la même conclusion.

» Les enquêtes sur le passé, faites avec le concours des historiens compétents, n'ont jamais eu d'autre

(*) *Du Pape,* — *Disc. prélimin.,* XXXI.
(**) *La Réforme sociale en France,* t. Ier : *De la Religion.*

résultat. A toutes les époques, l'opinion générale a proclamé la prééminence du peuple chez lequel les croyants en Dieu et en la vie future, s'élevaient au-dessus de leurs contemporains par le talent, la vertu et le dévouement.

» Cependant, lorsqu'après vingt-cinq ans de recherches, j'ai voulu exposer les faits qui m'ont imposé cette conclusion, je me suis trouvé en présence de deux difficultés. Celles-ci n'existent que pour un écrivain français. Plus que tout autre symptôme, elles m'ont éclairé sur la profondeur de notre décadence actuelle, et sur l'imminence des catastrophes que je signale en vain depuis 1848 au patriotisme de mes concitoyens.

» La première difficulté vient du scepticisme qui, depuis deux siècles, envahit de plus en plus notre nation. La plupart des hommes qui, en raison de leur condition sociale ou de leurs talents, créent en France l'opinion publique, ont rompu plus ou moins ouvertement avec les croyances religieuses. Les plus modérés sont indifférents; les plus violents sont hostiles. Beaucoup, parmi ces derniers, propagent maintenant cette hostilité avec toutes les ardeurs du prosélytisme au milieu des masses populaires. »

La Révolution avait bien compris et comprend encore

que la Religion était le dernier mais vivant obstacle à
ses desseins de destruction ; aussi, c'est à elle qu'elle
s'est attaquée d'abord et qu'elle s'attaque toujours avec
le plus d'acharnement.

« Car, a dit un écrivain du jour (*), notre société ne
connaît que deux idées : l'idée catholique et l'idée révolutionnaire ; l'une, repoussant tout ce qui est contraire
aux doctrines de l'Église ; l'autre, tout ce qui appar-
tient au christianisme. L'idée catholique c'est l'unité, la
liberté, l'autorité, la paix ; l'idée révolutionnaire, c'est
la division, la licence, l'anarchie, la guerre en perma-
nence. »

Voilà les deux camps extrêmes de notre société ; et
entre ces deux extrêmes s'est engagée une éternelle lutte.

Depuis Arouet, le premier de nos révolutionnaires,
jusqu'au *Siècle* farouche et à l'inoffensif M. Sarcey,
pas une heure, pas un moment ne s'est écoulé sans
que quelqu'un se soit levé pour jeter à la Religion une
nouvelle injure.

Les insulteurs ont été nombreux et divers. Sourdes
menées, calomnies, menaces, massacres même, ils ont
tout employé ; mais la Religion, dépositaire du respect,
est toujours debout parmi nous.

(*) J. Fort.

Pourquoi donc cette irritation, cette haine, ce tumulte? Parce que la Religion est la mère et en même temps le dernier boulevard du respect. Le reste aujourd'hui est peu de chose, tout a sombré; elle seule vivra et vivra toujours. La Révolution le sait bien, aussi redouble-t-elle de rage, et de fureur, et d'injures.

Et quand bien même ils espéreraient, ces hommes, faire succomber la Religion sous leurs coups, qui donc alors apprendrait à leurs fils à craindre Dieu, à respecter leur père?

Qui apprendrait à leurs filles à respecter leur virginité native?

Qui apprendrait aux gouvernants d'ici bas à respecter les lois établies et à ne jamais outrepasser leurs droits?

Qui apprendrait aux riches, aux puissants à respecter et à adoucir les misères du pauvre et du faible?

Qui apprendrait à chacun à respecter ses devoirs, ses semblables et à se respecter soi-même?

Qui apprendrait au soldat, ce pauvre champion de nos luttes, à supporter le poids de la discipline militaire, à respecter ses chefs, à leur obéir jusqu'au sacrifice, et aller, au premier signe, mourir oublié sur une terre inconnue, en face de l'ennemi?

Qui enfin serait là pour dicter aux peuples le respect dû au pouvoir?

La Religion seule est capable d'enfanter de pareils prodiges ; elle va même jusqu'à nous apprendre par la parole et par l'exemple à respecter, à aimer nos plus cruels ennemis.

C'est donc à la Religion, notre première initiatrice aux lois du respect, que nous devons notre premier hommage. Elle nous donne l'exemple, à nous de l'imiter ! Chez elle le respect est partout écrit. Rendons lui du moins une parcelle de ce respect qu'elle nous donne avec une si royale largesse.

Respectons ses salutaires conseils, si méprisés de nos jours, ses augustes cérémonies que l'on cherche trop souvent à troubler ; respectons ses dogmes, respectons ses croyances, respectons enfin ses ministres.

A quelque échelon de la hiérarchie que nous les puissions rencontrer, depuis le patriarche jusqu'au plus modeste religieux et à l'humble prêtre de nos hameaux, sachons donner un juste tribut de respect à leurs mérites, à leurs sacrifices, à leurs vertus, à leur héroïsme.

La Religion a toujours fait les nations puissantes et glorieuses ; ses ministres, nous le savons, ont été les

principaux artisans de la grandeur française. Ne pour-
rions-nous donc leur donner notre respect en reconnais-
sance de tant de bienfaits?

Ce serait là le premier pas de notre réforme, le
commencement d'une ère nouvelle, le début d'une solide
et complète régénération sociale. Car, avec le respect
de la Religion, tous les autres respects nous viendraient
par surcroît, ils n'en sont que les compléments ; or,
avec le respect, nous serions sauvés.

III

Mais, me dira-t-on d'abord, si vous avez la préten-
tion d'écrire pour tout le monde, comment voulez-vous
que les juifs, les protestants, les libre penseurs, les
matérialistes, les panthéistes, les athées respectent vos
croyances, vos cérémonies, vos ministres ?

Est-il donc bien difficile à un homme aussi absurde
qu'on puisse le rêver, de respecter une religion sublime
contre laquelle dix-huit siècles de fureur n'ont rien pu,
une religion que les plus grands génies ont défendue,
une religion qui nous apprend le respect et les plus con-
solantes, et les plus douces, et les plus nobles vérités ?

Est-il donc bien difficile à un homme aussi intolérant
qu'on puisse le supposer, de respecter les imposantes
cérémonies de notre culte ? De respecter la religion qu'il
nous plaît à vous, à moi de pratiquer ?

Où serait alors le respect de la liberté ?

Est-il donc bien difficile à un homme aussi pervers
qu'on puisse l'imaginer, de respecter des hommes qui se
dévouent chaque jour dans les bourgs et dans les cités,
en instruisant les grands et les petits de leurs devoirs

réciproques? Qu'ils s'appellent Jésuites ou Prêtres séculiers, ce doit être un devoir pour tous de respecter des hommes qui sacrifient la fortune, les honneurs et souvent la vie même pour le plus grand bien de la patrie commune.

Je ne voudrais pas trop indigner contre moi nos modernes révolutionnaires, mais je suis sûr qu'il est en France bien peu de patriotes comme ceux-là.

IV

En second lieu et immédiatement après le respect de
la Religion, vient le respect de la morale qui n'est que
le complément et le corollaire du premier.

Il n'est, après la Religion, rien de moins respecté que
la morale de nos jours, et au fur et à mesure que nous
avançons, elle perd parmi nous ses derniers droits un
à un.

On prétend la régénérer en exposant le vice dans les
livres et sur les planches des théâtres pour en montrer
l'énormité. On ne fait par là que lui porter la dernière
atteinte. Je n'en veux pour preuve que le mal immense
que les publications produisent dans la société contem-
poraine.

Or, je le demande à tout homme de bonne foi, quel
bien ont fait les romans et les théâtres, en opposition à
tout le mal qu'ils ont produit? Quels travers ont-ils
guéris? Quelles réformes ont-ils opérées?

En vérité, il serait bien difficile de répondre.

De quelle manière expose-t-on le vice et la vertu?
De quelles théories n'abuse-t-on pas? Comment se résout

le dénouement en général? Et n'est-ce pas le vice qui, la plupart du temps, triomphe et reçoit tous les encens? Bien heureux encore si la vertu n'est pas ridiculisée et considérée soit comme un stupide objet de moquerie, soit comme un ridicule sujet de puériles entraves.

Quel ne doit pas être le déplorable effet de démoralisation que produisent ces funestes théories sur l'esprit des masses?

Aux livres et aux exhibitions des théâtres est venu se joindre aujourd'hui l'image immorale qui est toujours un signe caractéristique et une cause de décadence.

Les anciens ne l'ignoraient pas :

« C'est par les yeux plus que par les oreilles que l'on arrive à l'âme », a dit Horace.

Qu'il me soit permis d'ailleurs de reproduire ici l'opinion d'un écrivain du jour :

« Nous ne saurions trop insister sur l'importance des images, non-seulement pour l'éducation des enfants, mais aussi sur leur puissante influence sur l'esprit d'une nation. L'image est un langage naturel qui par lui-même, sans étude, sans convention préalable, révèle la pensée et le sentiment dont il est l'expression ; la simple vue de l'image suffit pour élever l'âme ou pour la rabaisser.

» Aussi ne pouvons-nous trop applaudir aux ouvrages illustrés qui présentent dans de belles images des scènes morales, des faits utiles à connaître. Il y a dans ces ouvrages une influence morale qui agit d'une manière permanente, non-seulement sur l'individu et sur la famille, où ils sont continuellement feuilletés, mais également et nécessairement sur la société tout entière.

» Cette influence des gravures, qui peut être bonne ou mauvaise, est plus grande qu'on ne le soupçonne communément. Il y a comme une fascination dans l'exemple, qui entraîne les natures faibles et affaiblit les fortes : l'image est comme l'exemple, son effet est analogue (*). »

On peut aisément juger de la pente que nous suivons.

Nous voulons pourtant, tous, et du profond de notre cœur, remonter les courants et reconquérir notre antique prestige.

Nous le voulons et nous le pouvons en respectant scrupuleusement la morale en tout, partout et toujours.

(*) J. Rambosson.

V

Si la révolte est partout, dans l'ordre religieux aussi bien que dans la sphère morale, elle n'existe pas moins dans le domaine politique. Nous devons encore voir là l'œuvre de la Révolution, secondée par la presse.

S'il est nécessaire à la vie des peuples de respecter les principes moraux et religieux, il n'est pas moins indispensable de respecter les principes politiques.

Nous les avons abandonnés en France, depuis un siècle environ, et depuis un siècle nous voguons sans boussole, à tous les capricieux hasards de la fortune. Nous vivons au jour le jour d'expédients, de compromis; mais tout cela n'est ni la vérité, ni la stabilité : nous devons le savoir par expérience. Les vrais principes politiques sont la base des gouvernements et des États. Sans eux, le pouvoir et le peuple n'ont plus aucun lien commun, aucune cohésion, et cherchent sans cesse à se substituer l'un à l'autre. (1793, Brumaire, 1830, 1848, 2 Décembre, 1870.)

Le peuple n'a plus voulu de principes, il a secoué le joug et a voulu être maître à son tour ; mais il a toujours été la victime de sa présomption ; car, en dehors des principes, il n'y a que désordre et qu'erreur.

« Dieu, a dit encore M. le comte de Maistre, s'étant réservé la formation des souverainetés, nous en avertit en ne confiant jamais à la multitude le choix de ses maîtres.

» Il ne l'emploie dans les grands mouvements qui décident du sort des Empires, que comme un instrument passif. Jamais elle n'obtient ce qu'elle veut : toujours elle accepte, jamais elle ne choisit.

» On peut même remarquer une affectation de la Providence (qu'on me permette cette expression), c'est que les efforts du peuple pour atteindre un objet, sont précisément le moyen qu'elle emploie pour l'en éloigner.— Ainsi le peuple romain se donna des maîtres en croyant combattre l'aristocratie à la suite de César.

» C'est l'image de toutes les insurrections populaires.

» Dans la Révolution française, le peuple a constamment été enchaîné, outragé, ruiné, mutilé par toutes les factions ; et les factions, à leur tour, jouet les unes des autres, ont constamment dérivé, malgré tous leurs efforts, pour se briser enfin sur l'écueil qui les attendait.

› Tous les hommes qui ont écrit ou médité l'histoire ont admiré cette force secrète qui se joue des conseils humains. Il était des nôtres ce grand capitaine de l'antiquité, qui l'honorait comme puissance intelligente et libre, et qui n'entreprenait rien sans se recommander à elle.

› Mais c'est surtout dans l'établissement et le renversement des souverainetés que l'action de la Providence brille de la manière la plus frappante. Non-seulement les peuples en masse n'entrent dans ces grands mouvements que comme le bois et le cordage employés par un machiniste; mais leurs chefs même ne sont tels que pour les yeux étrangers : « Dans le fait ils sont › dominés comme ils dominent le peuple (*). ›

Sans principes stables, nous allons chaque jour par soubressauts à la dérive. Les partis ce divisent, se morcellent de plus en plus, car sans principes ils n'ont ni liens communs, ni naturels traits d'union.

Respectons donc les vrais principes qui ne trompent pas, les vieux principes qui ne sauraient mourir, comme me l'écrivait naguère un éminent religieux; et nous renaîtrons par là à l'ordre, à la paix intérieure, à la prospérité, à la grandeur, à la liberté.

(*) *Considérat.*, chap. IX.

Avec les principes, nous aurons une nation forte et prospère, un pouvoir intègre, vaillant et sûr, le pouvoir légitime ; nous aurons l'union, le respect de la hiérarchie.

Nous ne connaîtrons plus enfin ces bouleversements qui se succèdent chez nous avec une si effrayante rapidité.

VI

Tout ceci, nous le savons, n'est pas l'œuvre d'un jour, et là-dessus notre éducation nationale est à refaire de fond en comble.

Aussi est-ce d'abord en grande partie à la jeunesse qu'il faut recourir. Leibnitz disait : « Donnez-moi dans un pays l'éducation de la jeunesse, et je serai maître de ce pays. » C'est à elle que nous devons apprendre et où nous a mené la révolte, et où peut nous conduire le respect.

C'est à elle que nous devons inculquer les principes religieux, politiques et moraux, afin qu'elle les respecte plus tard, et qu'elle soit meilleure que nous.

Les générations futures referont ainsi ce que leurs devancières ont défait, et elles rendront à la France son lustre des anciens jours.

Qu'ils le sachent bien, les pères de famille ont aujourd'hui, plus que jamais un grand devoir, une mission sublime à remplir dans l'éducation de leurs enfants, soit dans la famille, soit dans le choix des écoles. Ils tiennent dans leurs mains notre prospérité ou notre ruine.

En un mot, il faut désormais que la jeunesse apprenne par les préceptes des maîtres et pour l'exemple des familles à craindre Dieu, à respecter ses semblables et à se respecter soi-même.

C'est l'unique moyen qui nous reste, de nous arrêter sur la pente fatale de la décadence, et de renaître enfin par la pratique constante du respect à l'ordre, à la prospérité, à la vraie grandeur.

Le 20 mars 1876.

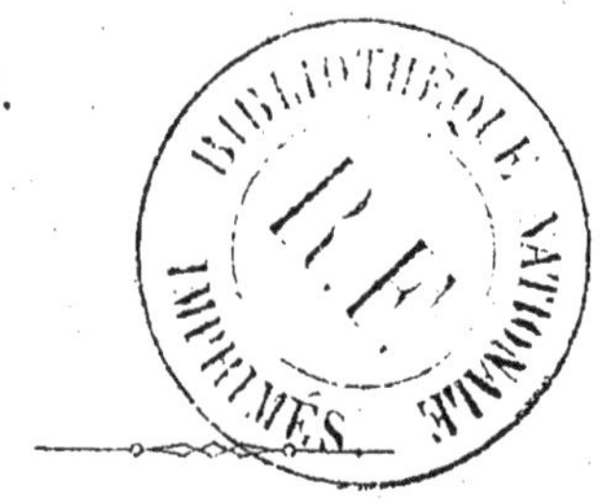

PROCÈS-VERBAUX DES SÉANCES

DE

LA SOCIÉTÉ DES ÉTUDES

LITTÉRAIRES, SCIENTIFIQUES ET ARTISTIQUES

DU LOT

PENDANT L'ANNÉE

1875

CAHORS

IMPRIMERIE DE A. LAYTOU, RUE DU LYCÉE

—

1876

www.ingramcontent.com/pod-product-compliance
Ingram Content Group UK Ltd.
Pitfield, Milton Keynes, MK11 3LW, UK
UKHW022356120726
13694UKWH00005B/1909